TODOS MENOS UNO
ÉRIC BATTUT

Título original: *Ce petit pois-là*

© 2010, del texto y las ilustraciones: Éric Battut
© 2010, Éditions Autrement

© 2011, de esta edición: Libros del Zorro Rojo / Barcelona – Madrid
www.librosdelzorrorojo.com

Traducción:
Roser Vilagrassa

Edición:
Carolina Lesa Brown

. . .

Esta obra se benefició del
P. A.P. GARCÍA LORCA, Programa de Publicación
del Servicio Cultural de la Embajada de Francia en España
y CULTURESFRANCE / Ministerio Francés
de Asuntos Exteriores.

Primera edición: mayo de 2011

ISBN: 978-84-92412-84-6   Depósito legal: B-9257-2011

Impreso en Barcelona
por GR Impresores

Todos Menos Uno

ÉRIC BATTUT

LIBROS DEL ZORRO ROJO

En un jardín crecía una planta de guisantes.

Se parecían unos a otros y vivían tranquilamente. Todos menos uno.

Había un guisante que no quería ser como los demás.

¡Hop! Un día, juntó toda su decisión de guisante,
y saltó de la vaina. «¿A qué podré parecerme?», se preguntó.
«¿A una calabaza?, ¿a una zanahoria?, ¿a una cebolla?»

En ese momento, apareció un pavo real.

Y aquel singular guisante, exclamó: «Desearía parecerme a este ave.

Su cola es como un gran ramo de flores».

Casi sin pensarlo, en un pispás, le arrancó una pluma
y se la ató con una cinta. ¡Qué lindo se veía!

De pronto, un tigre surgió por sorpresa y empezó a perseguir al pavo real.

Al ver la escena, el guisante dijo: «Desearía ser como esta fiera.

Es valiente y tiene un pelaje muy elegante».

El guisante no lo dudó: tomó un pincel y se cubrió de rayas.
Ahora se sentía hermoso y, también, audaz.

Un elefante bramó y el tigre huyó.

El guisante clamó con entusiasmo: «Desearía parecerme a este animal.

Esa nariz tan grande lo hace imponente».

Rápidamente, el guisante se hizo una trompa con una brizna de hierba. Y así, sintió que inspiraba respeto. «He recogido lo mejor del pavo real, del tigre y del elefante», pensó con orgullo.

Poco después, emprendió el regreso a su hogar.
Al verlo llegar, los demás guisantes le dedicaron toda clase
de risas y de burlas.

«Soy una semilla rara; pero sigo siendo una semilla», se dijo a sí mismo.
Entonces, como todas las semillas, cavó un hoyito en la tierra
y se acurrucó en él con su pluma, su trompa y sus rayas.

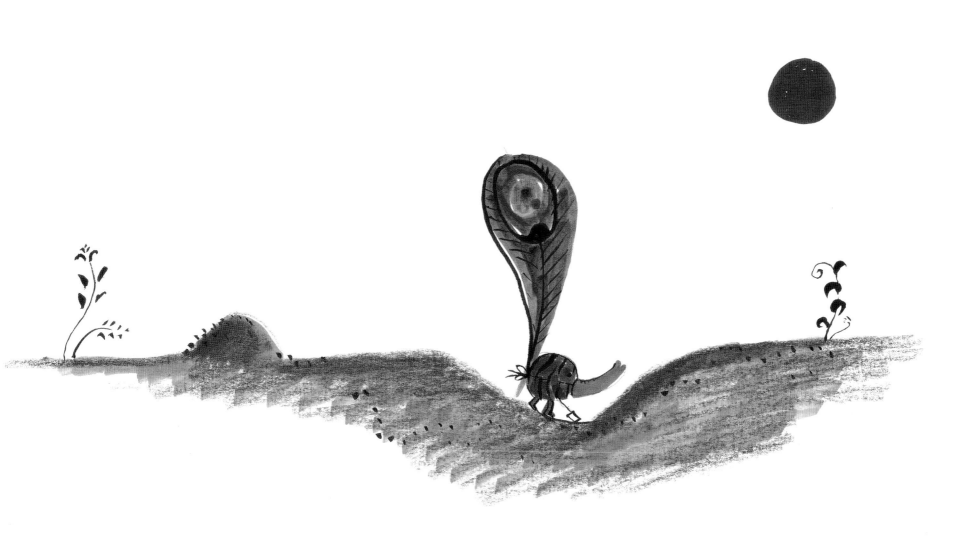

Pasó el otoño, el invierno, la primavera...

Hasta que un día de la tierra surgió una nueva planta, única y singular; llena de guisantes diferentes y felices.